LOS TÍTERES DE CACHIPORRA

Federico García Lorca

TRAGICOMEDIA DE DON CRISTÓBAL Y LA SEÑÁ ROSITA

Farsa guiñolesca en seis cuadros y una advertencia

PERSONAJES

(Por orden de aparición en escena)

EL MOSQUITO
ROSITA
EL PADRE
COCOLICHE
ELCOCHERO
DON CRISTOBITA
CRIADO
UNA HORA
MOZOS
CONTRABANDISTAS
ESPANTANUBLOS, tabernero
CURRITO, el del Puerto
CANSA-ALMAS, zapatero
FÍGARO, barbero
UN GRANUJA
UNA JOVENCITA DE AMARILLO
UN MENDIGO CIEGO
MOZAS
UNA MAJA CON LUNARES
UN MONAGO
INVITADOS CON ANTORCHAS
CURAS DEL ENTIERRO
CORTEJO

Advertencia

Sonarán dos clarines y un tambor. Por donde se quiera, saldrá el Mosquito. El Mosquito es un personaje misterioso, mitad duende, mitad martinico, mitad insecto. Representa la alegría del vivir libre, y la gracia y la poesía del pueblo andaluz. Lleva una trompetilla de feria.

MOSQUITO. ¡Hombres y mujeres! Atención. Niño, cierra esa boquita, y tú, muchacha, siéntate con cien mil de a caballo. Callad, para que el silencio se quede más clarito, como si estuviese en su misma fuente. Callad para que se asiente el barrillo de las últimas conversaciones. *(Tambor.)* Yo y mi compañía venimos del teatro de los burgueses, del teatro de los condeses y de los marqueses, un teatro de oro y cristales, donde los hombres van a dormirse y las señoras... a dormirse también. Yo y mi compañía estábamos encerrados. No os podéis imaginar qué pena teníamos. Pero un día vi por el agujerito de la puerta una estrella que temblaba como una fresca violeta de luz. Abrí mi ojo todo lo que pude -me lo quería cerrar el dedo del viento- y bajo la estrella, un ancho río sonreía surcado por lentas barcas. Entonces yo avisé a mis amigos, y huimos por esos campos en busca de la gente sencilla, para mostrarles las cosas, las cosillas y las cositillas del mundo; bajo la luna verde de las montañas, bajo la luna rosa de las playas. Ahora que sale la luna y las luciérnagas huyen lentamente a sus cuevecitas, va a dar comienzo la gran función titulada *Tragicomedia de don Cristóbal y la señá Rosita...* Preparaos a sufrir el genio del puñeterillo Cristóbal y a llorar las ternezas de la señá Rosita que, a más de mujer, es una avefría sobre la charca, una delicada pajarita de las nieves. ¡A empezar! *(Hace mutis, pero vuelve corriendo.)* Y ahora... ¡viento!: abanica tanto rostro asombrado, llévate los suspiros por encima de aquella sierra y limpia las lágrimas nuevas en los ojos de las niñas sin novio.

Música

Mutación

CUADRO PRIMERO

Sala baja en casa de doña Rosita. Al fondo, una gran reja y puerta. Por la reja se ve un bosquecillo de naranjos. Rosita está vestida de rosa y lleva un traje de polisón, lleno de bandas y puntillas. A1 levantar el telón está sentada bordando en un gran bastidor.

ESCENA PRIMERA

ROSITA. *(Contando las puntadas.)* Una, dos, tres, cuatro... *(Se pincha.)* ¡Ay! *(Llevándose el dedo a la boca.)* Cuatro veces me he pinchado ya en esta a última del «A mi adorado padre». En verdad que el cañamazo es una labor difícil. Uno, dos... *(Suelta la aguja.)* ¡Ay, qué ganitas tengo de casarme! Me pondré una flor amarilla sobre el cuncuné, y un velo que arrastrará por toda la calle. *(Se levanta.)* Y cuando la niña del barbero se asome a su ventana, yo le diré: «Voy a casarme, pero antes que tú, mucho antes que tú, y con pulseras y todo». *(Silbido fuera.)* ¡Ajajay, mi niño! *(Corre a la reja.)*

EL PADRE. *(Fuera.)* ¡Rositaaaaaaaa!

ROSITA. *(Asustándose.)* ¡Quéeeeeee! *(Silbido más fuerte. Corre y se sienta ante el bastidor y tira besos a la reja.)*

PADRE. *(Entrando.)* Quería saber si bordabas... ¡Borda, hijita mía, borda, que con eso comemos! ¡Ay, qué mal estamos de dinero! De los cinco talegos que heredamos de tu tío el Arcipreste, no queda ¡ni tanto así!

ROSITA. ¡Ay, qué barbas tenía mi tío el Arcipreste! ¡Qué precioso era! *(Silbido fuera.)* ¡Y qué bien silbaba! ¡Qué bien!

PADRE. Pero, hija, ¿qué estás diciendo? ¿Te has vuelto loca?

ROSITA. *(Nerviosa.)* No, no... Me he equivocado...

PADRE. ¡Ay, Rosita, qué entrampados estamos! ¡Qué va a ser de nosotros! *(Saca el pañuelo y llora.)*

ROSITA. *(Llorando.)* Pues... sí... tú... yo...

PADRE. Si al menos quisieras casarte, otro gallo nos cantaría; pero me parece a mí que por ahora...

ROSITA. Si yo lo estoy deseando.

PADRE. ¿Sí?

ROSITA. Pero ¿no te habías dado cuenta? ¡Qué poco perspicaces sois los hombres!

PADRE. Pues me viene de perilla, ¡de perilla!

ROSITA. Si yo por peinarme a la arremangué y darme arrebol en la cara...

PADRE. ¿De manera que estás conforme?

ROSITA. *(Con guasa un poco monjil.)* Sí, padre.

PADRE. ¿Y no te arrepentirás?

ROSITA. No, padre.

PADRE. ¿Y me harás caso siempre?

ROSITA. Sí, padre.

PADRE. Pues esto era tl que yo quería saber. *(Haciendo mutis.)* Me he salvado de la ruina. ¡Me he salvado! *(Se va.)*

ESCENA II

ROSITA. ¿Qué significará esto de «Me he salvado de la ruina. Me he salvado»?... Porque mi novio Cocoliche tiene menos dinero que nosotros. ¡Mucho menos! Heredó de su abuela tres duros y una caja de membrillo, y... ¡nada más! ¡Ay! Pero lo quiero, lo quiero, lo quiero y lo retequiero. *(Esto dicho con gran rapidex.)* El dinerillo, para las gentes del mundo; yo me quedo con el amor. *(Corre y agita un largo pañuelo rosa por la reja.)*

ESCENA III

LA VOZ DE COCOLICHE. *(Cantando, acompañado de la guitarra.)*

Por el aire van
los suspiros de mi amante,
por el aire van,
van por el aire.

ROSITA. *(Cantando.)*

COCOLICHE. *(Asomándose a la reja.)* ¿Quién vive?
ROSITA. *(Tapándose la cara con un abanico «pericón» y fingiendo la voz.)*

COCOLICHE. ¿No vive en esta casa por casualidad una tal Rosita?
ROSITA. Está tomando los baños.
COCOLICHE. *(Haciendo ademán de retirarse.)* Pues que le sienten bien.
ROSITA. *(Descubriéndose.)* ¿Y hubieras sido capaz de retirarte?
COCOLICHE. No hubiese podido. *(Meloso.)* A tu lado los pies se vuelven de plomo.
ROSITA. ¿Sabes una cosa?
COCOLICHE. ¿Qué?
ROSITA. ¡Ay, no me atrevo!
COCOLICHE. ¡Atrévete!
ROSITA. *(Muy seria.)* Mira, yo no quiero ser una mujer impúdica.
COCOLICHE. Y a mí me parece muy bien.

COCOLICHE. ¡Acaba ya!
ROSITA. Me taparé con el abanico.
COCOLICHE. *(Desesperado.)* ¡Hija mía!
ROSITA. *(Con la cara tapada.)* Que me caso contigo.
COCOLICHE. ¿Qué estás diciendo?
ROSITA. ¡Lo que oyes!
COCOLICHE. ¡Ay, Rosita!
ROSITA. En seguida...
COCOLICHE. En seguida voy a escribir una carta a París pidiendo un niño...
ROSITA. Oye, a París de ninguna manera, porque no quiero que se parezca a los franceses con el chau, chau, chau.
COCOLICHE. Entonces...

ROSITA. Lo pediremos a Madrid.

COCOLICHE. ¿Pero lo sabe tu padre?

ROSITA. ¡Y me lo permite! *(Se quita el abanico.)*

COCOLICHE. ¡Ay, Rosita mía! ¡Ven! ¡Ven! ¡Acércate!

ROSITA. Pero no te pongas nervioso.

COCOLICHE. Me parece que me están haciendo cosquillas en la planta de los pies. Acércate.

ROSITA. No, no; desde lejos te daré los besitos. *(Se besan desde lejos. Ruido de campanillas.)* ¡Siempre pasa lo mismo! Ahora viene la gente. ¡Hasta la noche!

(Se sienten campanillas, y por la gran reja del fondo cruza una carroza tirada por caballitos de cartón con penachos de plumas, y se detiene.)

CRISTOBITA. *(Desde la carroza.)* Efectivamente es la niña más guapa del pueblo.

ROSITA. *(Haciendo una reverencia con las faldas.)* Muchas gracias.

CRISTOBITA. Me quedo con ella definitivamente. Medirá un metro de alzada. La mujer no debe medir ni más ni menos. Pero ¡qué talle y qué garbo! Casi, casi, me ha engatusado. ¡Arre, cochero!

(Se va la carroza lentamente.)

ROSITA. *(Haciendo burla.)* ¡Ya está! Me quedo con ella. ¡Qué caballero más feo y más mal educado!... Será un chiflado de esos que vienen del extranjero. *(Por la reja cae un collar de perlas.)* ¡Ay! ¿Qué es esto? ¡Dios mío, qué collar de perlas tan precioso! *(Se lo cuelga y se mira en un espejito de mano.)* Genoveva de Brabante tendría uno así cuando se ponía en la torre de su castillo a esperar a su esposo. ¡Y qué bien me sienta!... ¿Pero de quién será?

PADRE. *(Entrando.)* Hija mía, ¡felicidad completa! ¡Acabo de concertar tu boda!

ROSITA. ¡Cuánto te lo agradezco, y Cocoliche cuánto te lo agradecerá! Ahora mismo...

PADRE. ¡Qué Cocoliche ni qué niño muerto! ¿Qué estás diciendo? Yo he dado tu mano a don Cristobita el de la porra, que acaba de pasar en su carroza por ahí.

ROSITA. Pues no quiero, no quiero, ¡ea! Y lo que es mi mano, de ninguna manera me la quitas. Yo tenía mi novio... ¡Y tiro el collar!

PADRE. Pues no hay más remedio. Ese hombre tiene mucho oro y a mí me conviene, porque si no, mañana tendríamos que pedir limosna.

ROSITA. Pues pedimos.

PADRE. Aquí mando yo, que soy el padre. Lo dicho, dicho, y, cartuchera en el cañón. No hay que hablar más.

ROSITA. Es que yo...

PADRE. ¡Silencio!

ROSITA. Pues a mí...

PADRE. ¡Chitón! *(Se va.)*

ROSITA. ¡Ay, ay! ¡Digo!, dispone de mí y de mi mano, y no tengo más remedio que aguantarme porque lo manda la ley. *(Llora.)* También la ley podía haberse estado en su casa. ¡Si al menos pudiera vender mi alma al diablo! *(Gritando.)* ¡Diablo, sal, diablo, sal! Que yo no quiero casarme con Cristobita.

PADRE. *(Entrando.)* ¿Qué voces son ésas? ¡A bordar y a callar! ¡Qué tiempos estos! ¿Van a mandar los hijos en los padres? Tú harás caso de todo, como hice yo caso de mi papá cuando me casó con tu mamá, que, dicho sea entre paréntesis, tenía una cara de luna, que ya, ya...

ROSITA. Está bien. ¡Me callaré!

PADRE. *(Haciendo mutis.)* ¡Habráse visto!

ROSITA. Está bien. Entre el cura y el padre estamos las muchachas completamente fastidiadas. *(Se sienta a bordar.)* Todas las tardes -tres, cuatro- nos dice el párraco: ¡que vais a ir al infierno!, ¡que vais a morir achicharradas!, ¡peor que los perros!...; ¡pero yo digo que los perros se casan con quien quieren y lo pasan muy bien! ¡Cómo me gustaría ser perro! Porque si le hago caso a mi padre -cuatro, cinco-, entro en un infierno, y si no, por no hacerle caso, luego voy al otro, al de arriba... También los curas podrían callarse y no hablar tanto..., porque... *(Se limpia las lágrimas.)* Si yo no me caso con Cocoliche, va a tener la culpa el cura... sí, el señor cura... al que, después de todo, no le importa nada esto. ¡Ay, ay, ay, ay...!

CRISTOBITA. *(Con su criado en la ventana.)* Es una buena cosa. ¿Te gusta?

CRIADO. *(Temblando.)* Sí, señor.

CRISTOBITA: La boca un poquitín grande, pero vaya canela en rama de cuerpo... Aún no he cerrado el trato... Me gustaría hablar con ella, pero no quiero que tome demasiada confianza. La confianza es la madre de todos los vicios. ¡No me digas que no!

CRIADO. *(Temblando.)* ¡Pero, señor!

CRISTOBITA. No hay más que dos caminos a seguir con los hombres: o no conocerlos..., ¡o quitarlos de en medio!

CRIADO. ¡Ay, Dlos mío!

CRISTOBITA. ¡Oye, que te gusta!

CRIADO. Todavía la merece mejor su merced.

CRISTOBITA. Es una hembrita suculenta. ¡Y para mí solo! ¡Para mí solo! *(Se va.)*

ROSITA. Esto es lo que me faltaba que ver. Yo me desespero. Yo me enveneno ahora mismo con mixtos o con sublimado corrosivo.

*(El reloj de pared se abre y aparece una Hora,
vestida de amarillo con polisón.)*

HORA. *(Con campana y con la boca.)* ¡Tan! Rosita: ten paciencia, ¿qué vas a hacer? ¿Qué sabes tú el giro que van a tomar las cosas? Mientras que aquí hace sol, en otras partes llueve. ¿Qué sabes tú los vientos que van a venir mañana para hacer bailar la veleta de tu tejadillo? Yo, como vengo todos los días, te recordaré esto cuando seas vieja y hayas olvidado este momento. Deja que el agua corra y la estrella salga. Rosita, ¡ten paciencia! ¡Tan! La una. *(Se cierra.)*

ROSITA. La una... Pero ¡maldita la gana que tengo de comer!

VOZ. *(Fuera.)*
Por el aire van
los suspiros de mi amante.

ROSITA. Ya los veo entrar... los suspiros de mi amante.

*(El reloj se abre otra vez y aparece la Hora
dormida. ,La campana suena sola.)*

ROSITA. *(Llorosa.)* Los suspiros de mi amante...

Telón

CUADRO SEGUNDO

El teatrillo representa una plaza de un pueblo andaluz. A la derecha, la casa de la señá Rosita. Debe haber una enorme palmera y un banco. Aparece por la izquierda Cocoliche, rondando, con una guitarra entre las manos y envuelto en una capita verde oscura con agremanes negros. Va vestido con el traje popular de principios de siglo XIX, y tiene puesto con garbo el sombrerillo calañés.

ESCENA PRIMERA

COCOLICHE. Rosita no sale. Tiene miedo a la luna. La luna es terrible para un enamorado de ocultis. *(Silba.)* El silbido ha tocado como una piedrecita de música en el cristal de su balcón. Ayer se puso un lazo en el pelo. Ella me dijo: «Una cinta negra sobre mis cabellos es como una botana sobre la fruta. Ponte triste si me ves; lo negro bajará luego hasta los pies». Algo le pasa.

*(El balconcillo lleno de tiestos se ilumina con
 una dulce luz.)*

ROSITA. *(Dentro.)*

Con el vito, vito, vito,
con el vito que me muero.

COCOLICHE. *(Acercándose.)* ¿Por qué no salías?
ROSITA. *(En el balcón muy cursi y muy poética.)* ¡Ay chiquillo mío! El viento morisco hace girar ahora todas las veletas de Andalucía. Dentro de cien años girarán lo mismo.
COCOLICHE. ¿Qué quiere decir?
ROSITA. Que mires a la izquierda y a la derecha del tiempo, y que tu corazón aprenda a estar tranquilo.
COCOLICHE. No lo entiendo.
ROSITA. Lo que voy a decirte lleva el aguijón duro. Por eso te preparo. *(Pausa, en la que Rosita llora cómicamente, casi ahogada.)* ¡No me puedo casar contigo!
COCOLICHE. ¡¡¡Rosita!!!
ROSITA. ¡Tú eres el acerico de mis ojos! ¡Pero no me puedo casar contigo! *(Llora.)*

COCOLICHE. ¿Te metes a monja reparadora? ¿Te he hecho yo algo malo? ¡Ay, ay, ay! *(Llora de una manera entre infantil y cómica.)*
ROSITA. Ya te enterarás. Ahora, adiós.
COCOLICHE. *(Gritando y pateando en el suelo.)* Pero no, pero no, pero no.
ROSITA. Adiós, mi padre me llama.
(El balcón se cierra.)

ESCENA II

COCOLICHE. *(Solo.)* Me suenan los oídos como si estuviera en lo alto de una sierra. Estoy como si fuera de papel y me hubiera quemado con la llamita de mi corazón. Pero esto no puede ser; no, no, y no. *(Pateando en el suelo.)* ¿Que no se quiere casar conmigo? Cuando le traje el guardapelo de la feria de Mairena, me pasó la mano por la cara. Cuando le regalé el chal de las rosas, me miró de una manera... y cuando le traje el abanico de nácar en el cual Pedro Romero abre su capote, me dio tantos besos como varillas tenía. ¡Sí, señor, tantos besos!... Mejor era que me hubiese partido un rayo por la mitad. ¡Ay!, ¡ay!, ¡ay! *(Llora con excelente compás.)*

ESCENA III

*Por la izquierda entran varios Jóvenes vestidos con trajes populares:
uno de ellos trae guitarra y el otro pandero. Cantan.*

Mi amante siempre se baña
en el río Guadalquivir,
mi amante borda pañuelos
con la seda carmesí.

MOZO 1.º Es Cocoliche.
MOZO 2.º ¿Por qué lloras? Levántate y que se te importe poco que un pájaro en la arboleda se pase de un árbol a otro.
COCOLICHE. ¡Dejadme!
MOZO 3.º Es imposible. Vente, que la pena se te pasará cuando te dé el viento del campo.
MOZO 1.º Vamos, vamos. *(Se lo llevan. Voces y música.)*

(Queda la escena sola. La luna ilumina la ancha plaza. Se abre la puerta de la casa de doña Rosita y aparece el Padre de ésta vestido de grin, con una peluca color rosa y la cara del mismo color. Don Cristobita viene vestido de verde con un vientre enorme y una poca joroba. Lleva un collar, una pulsera de cascabeles y una porra, que le sirve de bastón.)

CRISTOBITA. Conque cerramos el trato. .¿No es esto?
PADRE. Sí, señor... pero...
CRISTOBITA. ¿Qué pero ni qué niño muerto? Cerramos el trato. Yo le doy a usted los cien duros para desentramparse, y usted me da a su hija Rosita... y debe usted estar contento porque ella es... algo madurita.
PADRE. Tiene dieciséis años.
CRISTOBITA. He dicho que está madurita y lo está.
PADRE. Sí... señor, lo está.
CRISTOBITA. Pero, sin embargo, es una linda muchacha. ¡Qué diantre! ¡Un *boccato di cardinali!*
PADRE. *(Muy serio.)* ¿Habla vuestra merced el italiano?
CRISTOBITA. No; de niño estuve en Italia y en Francia, sirviendo a un tal don Pantalón... ¡Pero a usted no le importa nada de esto!
PADRE. No..., no, señor... No me importa nada.
CRISTOBITA. De manera que mañana a la tarde quiero tener echadas las bendiciones.

PADRE. *(Aterrado.)* Eso no puede ser, don Cristobita.

CRISTOBITA. ¿Quién me dijo a mí que no? No sé cómo no le envío al barranquillo donde eché a tantos. Esta porra que ve aquí ha matado muchos hombres franceses, italianos, húngaros... Tengo la lista en mi casa. ¡Obedézcame!, no vaya a danzar con todos ellos. Hace tiempo que la porra no funciona y se me escapa de las manos. ¡Tenga cuidado!

PADRE. Sí... señor.

CRISTOBITA. Diga usted: «Tendré cuidado».

PADRE. Tendré cuidado.

CRISTOBITA. Ahora, tome el dinero. Muy cara me cuesta la niña. ¡Muy cara! Pero, en fin, lo hecho, hecho está. Yo soy hombre que no se retracta jamás de lo que hace.

PADRE. (¡Dios mío, a quién le entrego yo mi hija!)

CRISTOBITA. ¿Qué hablas?... Vamos a avisar al cura.

PADRE. *(Temblando.)* Vamos.

ROSITA. *(Dentro.)*
Con el vito, vito, vito,
con el vito, que me muero;
cada hora, niño mío,
estoy más metida en fuego.

CRISTOBITA. ¿Qué es eso?

PADRE. Mi niña que canta... ¡Es una canción preciosa!

CRISTOBITA. ¡Bah! Ya la enseñaré a que ponga la voz bronca, ¡más natural!, y cante aquello de

La rana hace cuac, cuac,
cuac, cuac, cuarac.

Telón

CUADRO TERCERO

Una taberna de pueblo. Al fondo, barriles y jarras azules en las blancas paredes. Un viejo cartel de toros y tres candiles. Noche. El tabernero está detrás del mostrador. Es un hombre en mangas de camisa, con el pelo tieso y la nariz chata. Se llama Espantanublos. A la derecha, un grupo de Contrabandistas clásicos, vestidos de terciopelo, con barbas y trabucos, juegan y cantan.

ESCENA PRIMERA

CONTRABANDISTA 1.°
De Cádiz a Gibraltar
¡qué buen caminito!
El mar conoce mi paso
por los suspiros.

¡Ay muchacha, muchacha,
cuánto barco en el puerto de Málaga!

De Cádiz a Sevilla
¡cuántos limoncitos!
El limonar me conoce
por los suspiros.

¡Ay muchacha, muchacha,
cuánto barco en el puerto de Málaga!

CONTRABANDISTA 2.° ¡Eh, tú! ¡Espantanublos! La dichosa cancioncilla me abre las ganas de beber. ¡Trae vino de Málaga!

ESPANTANUBLOS. *(Con pereza.)* Ahora mismo.

(Por la puerta central un joven envuelto en una amplia capa azul. Lleva sombrerito plano. Expectación. Sigue y se sienta en una mesa de la izquierda sin descubrirse.)

ESPANTANUBLOS. ¿Quiere su merced tomar algo?
JOVEN. ¡Ay! No.
ESPANTANUBLOS. ¿Hace tiempo que llegó?

JOVEN. ¡Ay! No.

ESPANTANUBLOS. Parece que suspira.

JOVEN. ¡Ay! ¡Ay!

CONTRABANDISTA 1.º ¿Quién es?

ESPANTANUBLOS. No he podido adivinarlo.

CONTRABANDISTA 2.º ¿Si será?...

CONTRABANDISTA 1.º Mejor será que nos vayamos.

CONTRABANDISTA 2.º Está la noche clarísima.

CONTRABANDISTA 1.º Y las estrellas se caen sobre las casas...

CONTRABANDISTA 2.º Al amanecer daremos vista al mar.

(Salen.)

ESCENA II

*Queda el joven solo. Apenas se le verá la cabecita. Toda la escena
está iluminada por una penetrante luz azul.*

JOVEN. Encuentro el pueblo más blanco, mucho más blanco. Cuando lo vi desde la Sierra, me entró la luz por los ojos y me llegó hasta los pies. Los andaluces vamos a pintarnos con cal hasta las carnes. Pero tengo un temblorcillo dentro. ¡Dios mío! No he debido venir.

ESPANTANUBLOS. Está que ni don Tancredo, pero yo... *(En la calle se sienten guitarras y voces alegres. Saliendo.)* ¿Qué pasa?

(Entra el grupo de Muchachos con Cocoliche a la cabeza.)

COCOLICHE. *(Borracho.)* Espantanublos, danos vino hasta que se nos salga por los ojos. Serán muy bonitas nuestras lágrimas; lágrimas de topacio, de rubí:.. ¡Ay, muchachos, muchachos!

MOZO 1.º ¡Tan jovencillo! ¡Lo que nosotros no podemos permitir es que estés triste!

TODOS. Eso es.

COCOLICHE. ¡Ella me decía cosas tan delicadas!... Me decía: tienes los labios como dos fresas sin madurar, y...

MOZO 1.º *(Interrumpiéndole.)* Esa mujer es muy romántica. Por lo mismo, no tendría yo ninguna pena. Don Cristobita es un viejo gordo, borracho, dormilón, que muy en breve...

TODOS. ¡Bravo!

MOZO 2.º Que muy en breve... *(Risas.)*

ESPANTANUBLOS. Muchachos, muchachos.

MOZO 2.º Y ahora, a brindar.

MOZO 1.º Brindo por lo que brindo, porque tengo que brindar. Cocoliche: a las doce de la noche tendrás la puerta abierta, y todo lo demás.

TODOS. ¡Ole! *(Tocan las guitarras.)*

MOZO 2.º Yo brindo por doña Rosita.

JOVEN. *(Levantándose.)* ¡Por doña Rosita!

MOZO 2.º ¡Y porque su futuro marido estalle como un fantoche! *(Risas.)*

JOVEN. *(Acercándose, pero embozado.)* ¡Alto, señores! Yo soy forastero y quisiera enterarme de quién es esa Rosita por la que brindan con tanta alegría.

COCOLICHE. ¿Tanto le interesa a usted, siendo forastero?
JOVEN. Puede que sí.
COCOLICHE. Espantanublos, cierra la puerta, que a pesar de estar cerca el mes de mayo, este señor parece que tiene mucho frío.
MOZO 2.° Sobre todo en la cara.
JOVEN. Yo me acerqué a preguntaros una cosa, y me respondéis por los cerros de Úbeda. Me parece que las bromas están sobrando.
COCOLICHE. ¿Y a usted qué le importa quién es esa mujer?
JOVEN. Más de lo que usted cree.
COCOLICHE. Pues bien: esa mujer es doña Rosita, la de la plaza, la mejor cantaora de Andalucía, mi... ¡sí!, ¡mi novia!
MOZO 2.° (Adelantándose.) Que se casa ahora con don Cristobita, y éste, pues... ¡Ya se lo puede figurar!
TODOS. ¡Ole! ¡Ole! (Risas.)
JOVEN. (Muy triste.) Perdonad. Me había interesado en la conversación porque yo tuve una novia que se llamaba también Rosita...
MOZO 2.° ¿Y ya no es novia vuestra?
JOVEN. No. Ahora les gustan a las mujeres los chiquilicuatros. Buenas noches. (Inicia el mutis.)
MOZO 2.° Caballero, antes de marcharos yo quisiera que tomarais con nosotros un vaso
de vino. (Se lo alarga.)
JOVEN. (En la puerta, nervioso.) Muchas gracias, pero yo no bebo. Buenas noches, señores. (Aparte y marchándose.) No sé cómo me he podido contener.
ESPANTANUBLOS. ¿Pero quién demonios es ese hombre y a qué ha venido aquí?
MOZO 2.° Eso mismo te digo yo a ti. ¿Quién es este embozado, esta máscara?
MOZO 1.° Eres un mal tabernero.
COCOLICHE. Estoy preocupado, preocupado... ¡Este hombre!

(Todos están inquietos; hablan en voz baja.)

MOZO 2.° (Desde la puerta.) Señores: don Cristobita viene a la taberna.
COCOLICHE. Buena ocasión para partirle la cara.
ESPANTANUBLOS. Yo no quiero grescas en mi casa. Así es que, ya mismo, os estáis largando.
MOZO 1.° ¡Déjate de cuestiones, Cocoliche! ¡Déjate de cuestiones!

(Dos Mozos se llevan a Cocoliche y los otros dos se esconden detrás de los toneles. La escena queda en silencio.)

CRISTOBITA. *(En la puerta.)* ¡Brrrrruuuuuum!
ESPANTANUBLOS. *(Aterrado.)* Buenas noches.
CRISTOBITA. Tendrás mucho vino, ¿verdad?
ESPANTANUBLOS. De todos los que usted quiera.
CRISTOBITA. Pues todos los quiero, ¡todos!
MOZO 1.º *(Desde un rincón.)* ¡Cristobita! *(Con voz aflautada.)*
 CRISTOBITA. ¿Eh? ¿Quién habla?
ESPANTANUBLOS. Será algún perrillo de esas huertas.
CRISTOBITA. *(Agarra la porra y canta.)*
Que esconda el rabo la zorra,
porque le doy con la porra.

ESPANTANUBLOS. *(Turbado.)* Hay vino dulce... vino blanco... vino... agrio, vino que vino...
CRISTOBITA. Y a bajo precio, ¿eh? ¡Sois todos unos ladrones! Dilo tú: unos ladrones.
ESPANTANUBLOS. *(Temblando.)* Unos ladrones.
CRISTOBITA. Mañana me caso con la señá Rosita, y quiero que haya mucho vino para... bebérmelo yo.
MOZO 1.º *(Desde un tonel.)* ¡Cristobita que bebe y duerme!
MOZO 2.º *(Desde otro tonel.)* ¡Que bebe y duerme!
CRISTOBITA. ¡Brrrrrrr, br, br, br! ¿Es que tus toneles hablan, o es que me estás tomando el pelo?
ESPANTANUBLOS. ¿Yo?, ¿yo?...
CRISTOBITA. ¡Huele la porra! ¿A qué huele?
ESPANTANUBLOS. Huele... pues...
CRISTOBITA. ¡Dilo!
ESPANTANUBLOS. ¡A sesos!
CRISTOBITA. ¿Qué te habías creído? Y en cuanto a eso de que bebe y duerme, ya veremos quién bebe o duerme, si tú o yo. *(Furiosamente.)*
ESPANTANUBLOS. Pero don Cristóbal, pero don Cristóbal...
MOZO 2.º *(Desde un tonel.)*
¡Cristobita,
barriguita!

MOZO 1.º ¡Barriguita!

CRISTOBITA. *(Con la porra.)* Te llegó tu hora. ¡Pillo, pillo, granuja!
ESPANTANUBLOS. ¡Ay don Cristobita de mis entrañitas!
MOZO 2.° ¡Barriguita!
CRISTOBITA. ¿Pero a mí con esas? ¿Cuándo se vio? ¡Toma barriguita, toma barriguita, toma barriguita!

(Salen los dos. Don Cristobita le da con la porra, y Espantanublos chilla como una rata. Los Mozos se ríen a carcajadas desde los toneles. Música.)

Telón

CUADRO CUARTO

La plaza de antes, pero mucho menos iluminada por la luna. La palmera amarilla se destaca sobre un cielo azul sin estrellas. Por la izquierda entran los Mozos embriagados, que traen a Cocoliche borracho.

ESCENA PRIMERA

MOZO 1.° Malas pulgas tiene el tal don Cristobita.
MOZO 2.° Y qué porrazos le ha dado al pobre tabernero.
MOZO 1.° Oye, tú: ¿qué hacemos con éste?
MOZO 2..° Le dejaremos aquí; y descuida, que ya se despertará cuando le dé en la cara el sereno de la noche. *(Se van.)*

ESCENA II

Se oye una flauta que se va acercando rápidamente y aparece el Mosquito. La luz crece. Viendo a Cocoliche dormido, se acerca a él y le toca la trompetilla en el oído. Cocoliche le da un manotazo y el Mosquito se retira.

MOSQUITO. Él no sabe lo que pasa, ¡claro!, es una criatura... Pero lo cierto es que el corazón de la señá Rosita, un corazoncillo así de pequeñito, se le escapa. *(Ríe.)* El alma de doña Rosita es como uno de esos barquitos de nácar que venden en las ferias, barquitos de Valencia que llevan unas tijerillas y un dedal. Ahora, éste pondrá sobre la dura vela: «RECUERDO», y seguirá marchando, marchando... *(Se va tocando la trompetilla, y la escena queda otra vez oscurecida.)*

ESCENA III

Entran el joven embozado y un Mozo del pueblo.

JOVEN. Ahora me alegro de haber venido, pero tengo una rabia, que las palabras no me salen de la boca. ¿Dices que se casa?
MOZO. Mañana mismo, con un tal don Cristobita, rico, dormilón, tan bruto, que hace pedazos su sombra... Pero yo creo que ella te ha olvidado.
JOVEN. No es posible; me quería tanto hace...
MOZO. Cinco años.
JOVEN. Tienes razón.
MOZO. ¿Por qué la dejaste?
JOVEN. No sé. Aquí me cansaba demasiado. Ya voy al Puerto, ya vengo del Puerto... ¡Si vieras! Yo me creía que por el mundo estaban siempre repicando las campanas y que en los caminos había blancos paradores, con rubias muchachas remangadas hasta los codos. ¡No hay nada de esto! ¡Es muy aburrido!
MOZO. ¿Y qué piensas hacer?
JOVEN. Quiero verla.
MOZO. Eso es imposible. Tú no conoces a don Cristobita.
JOVEN. Pues quiero verla, cueste lo que cueste.

(Por la derecha entra Cansa-Almas.)

MOZO. ¡Ah! Éste nos puede servir; es Cansa-Almas, el zapatero. *(En alta voz.)* ¡Cansa-Almas!
CANSA-ALMAS. Qué... qué... qué...
MOZO. Mira: tú vas a ser muy útil a este caballero.
CANSA-ALMAS. ¿A quién...? ¿A... quién?
JOVEN. *(Descubriéndose.)* Mírame.
CANSA-ALMAS. ¡Currito!
JOVEN. Sí, Currito el del Puerto.
CANSA-ALMAS. *(Dándole con la mano en el vientre.)* ¡Puñeterillo! ¡Qué gordo te has puesto!
MOZO. ¿Es verdad que vas mañana a poner los zapatos de novia a la señá Rosita?
CANSA-ALMAS. Sí... Sí... Sí.
MOZO. Pues es menester que lo sustituya éste.
CANSA-ALMAS. No, no, yo no quiero líos.

CURRITO. ¡Si vieras cómo te lo pagaría!... Anda, por tus hijos, te pido que me dejes ir.

MOZO. Además te pagará bien. Trae dinero.

CURRITO. Acuérdate, Cansa-Almas... *(Haciendo como que llora.)* de lo que mi padre te quería.

CANSA-ALMAS. ¡Calla! Qué le vamos a hacer. ¡Te dejaré ir! Yo me quedaré en casa... Y era verdad... *(Sacando un gran pañuelo de hierbas:)* Tu padre, efectivamente, me quería muchísimo, muchísimo.

CURRITO. *(Abrazándole.)* ¡Gracias, muchas gracias!

CANSA-ALMAS. ¿Vas a seguir vendiendo naranjas? ¡Oh! ¡Qué pregón más precioso echabas! Naranjitas, naranjaaaaas... *(Se van.)*

*(La l
música de guitarra corre por el aire.)*

COCOLICHE. *(Entre sueños.)* ¡Cristobita te pegará, amor mío! Cristobita tiene una panza verde y una joroba verde. Por las noches no te dejará dormir con sus resoplidos. ¡Y yo que te hubiera dado tantos besitos! Qué tristeza cuando te vi con el lazo en el pelo... ¡Lo negro bajará hasta los pies!

*(La melodía del Vito invade la escena. Por la
izquierda sale una aparición de lo que sueña
Cocoliche. Es doña Rosita, vestida de azul oscuro,
con una corona de nardos sobre la cabeza y un
puñal de plata en la mano.)*

ESPECTRO DE DOÑA ROSITA. *(Cantando.)*
Con el vito, vito, vito,
con el vito, vito, claro...
Cada hora, niño mío,
de ti me voy alejando.

*(La palmera amarilla se llena de lucecitas de
plata, y todo adquiere un teatralísimo tinte
azulado.)*

COCOLICHE. ¡Virgen del Espino! *(Se levanta, pero en ese momento todo desaparece.)* Me he despertado. No cabe duda que me he despertado. Era ella vestida de luto. Me parece que la tengo ante mis ojos..., y esa música...

*(Ahora, en el balcón, sale la verdadera voz de
Rosita, que canta desvelada.)*

ROSITA.

Con el vito, vito, vito,
con el vito, que me muero...
Cada hora, niño mío,
estoy más metida en fuego.

COCOLICHE. ¡Ésta es la primera vez que lloro de verdad! Lo aseguro.
¡La primera vez!

Telón

CUADRO QUINTO

La escena representa una calle andaluza, con las casas blancas. En la primera casa hay una zapatería; en la segunda, una barbería, con el espejo y el sillón al aire libre. Más allá, un gran portón con este letrero: « POSADA DE TODOS LOS DESENGAÑADOS DEL MUNDO». Sobre la puerta, un gran corazón de gran tamaño atravesado por siete espadas. Es la mañana. En su zapatería está Cansa-Almas sentado en su banco, cosiendo una bota de montar y, esperando junto al silloncillo, Fígaro, vestido de verde, con redecilla negra y tufos, afilando una navaja con un largo suavizador.

ESCENA PRIMERA

FÍGARO. Hoy espero la gran visita.
CANSA-ALMAS. ¿Qué vi-? ¿Qué vi-?

(Una flauta dentro de la escena termina la frase.)

FÍGARO. Don Cristobita viene; don Cristobita, el de la porra.
CANSA-ALMAS. ¿No te pare-? ¿No te pare-?

(El flautín termina la frase.)

FÍGARO. ¡Sí, Sí! ¡Claro! *(Ríe.)*
UN GRANUJA.

¡Zapatero, tero, tero,
mete la lezna
por el agujero!

FÍGARO. ¡Ah! ¡Gran picarillo! ¡Picarillo! *(Sale corriendo detrás.)*

*(Por el otro lado entra Currito, el del Puerto.
Viene como siempre, embozado; al llegar al
centro de la escena choca con Fígaro, que
vuelve muy de prisa del lado opuesto.)*

CURRITO. Si me ensartas con la navaja, te saco los ojos.
FÍGARO. ¡Perdón, musiú! ¿Se va usted a afeitar? Mi barbería... *(El pito continúa, y Fígaro hace elogios de su talento, accionando.)*
CURRITO. ¡Vete a la porra!

FÍGARO. *(Remeda el pregón de Curro.)* ¡Naranjitas, naranjaaaaaaas! *(Silba.)*

CURRITO. *(Llega a la zapatería.)* Cansa-Almas: dame las botitas y el cajoncillo.

CANSA-ALMAS. Pero... pero... pero... *(Tiembla.)*

CURRITO. *(Furioso.)* ¡Dámelo, te he dicho!

CANSA-ALMAS. Toma... toma...

FÍGARO. *(Saltando.)*

A tira y afloja

perdí mi dedal...

A tira y afloja

lo volví a encontrar.

CURRITO. *(Acaricia unas botitas de color de rosa.)*

¡Oh, botitas

de doña Rosita!

¡Quién las tuviera

con sus piernecitas!

CANSA-ALMAS. ¡Y dejadme a mí! ¡Ay! ¡Dejadme a mí!
(Segue metiendo la lezna.)

CURRITO. *(Entusiasmado con sus botas.)* Son como dos vasitos de vino, como dos acericos de monja, como dos suspirillos.

FÍGARO. Algo pasa. ¡Indudablemente, algo pasa! El pueblo huele a novedades. ¡Ah, lo nuevo! Pero ya vendrá a mi barbería.

CURRITO. *(Yéndose, con las botas en la mano.)* ¿Es posible que
no seas mía, Rosita? *(Besa las botas.)* Son como dos lágrimas de la luna de la tarde, como dos torrecillas del país de los enanitos... como dos...
(Beso fuerte.) como dos... *(Se va.)*

ESCENA II

FÍGARO. Ya me enteraré de lo que pasa. Las noticias llegan al mundo después de haber pasado por el clasificador de la barbería. Las barberías son las encrucijadas de las noticias. Esta navaja que ven ustedes rompe el cascarón de los secretos. Los barberos tenemos más olfato que los perros de presa; tenemos el olfato de las palabras oscuras y los gestos misteriosos. ¡Claro! Somos los alcaldes de las cabezas, los jardineros de las cabezas, y a fuerza de abrir caminitos entre los bosques del cabello nos enteramos cómo piensan por dentro. ¡Qué bonitas historias podría contar de los feos durmientes de las barberías!
CRISTOBITA. (Entrando.) ¡Quiero afeitarme ahora mismo, sí, señor, ahora mismo, porque me voy a casar! ¡Brrrr! Y no convido a nadie, porque sois unos ladrones todos.

(Cansa-Almas cierra su puerta y asoma la
cabeza por el ventanillo.)

FÍGARO. Son.
CRISTOBITA. (Alargando la porra.) ¡Sois!
FÍGARO. Son (Muy a firmativo.) las diez. (Se guarda el reloj.)
CRISTOBITA. Las diez o las once, quiero afeitarme ahora mismo.
CANSA-ALMAS. ¡Qué malillo es!
CRISTOBITA. (Pegando con la porra en la cabeza de Cansa-Almas.) ¡Tunda que tunda!

(Cansa-Almas esconde la testa chillando como una rata.)

CRISTOBITA. ¡Vamos! (Se sienta.)
FÍGARO. ¡Qué hermosísima cabeza tiene usted! Pero ¡qué magnífica! Un ejemplar.
CRISTOBITA. ¡Empieza!
FÍGARO. (Trabajando.) ¡Tran, lará, lará!
CRISTOBITA. Como me cortes, te abro en canal. ¡Pero que en canal he dicho, y es en canal!
FÍGARO. ¡Excelencia, admirable! Yo estoy encantado. ¡Tran, lará, lará!

(La puerta de la posada se abre, y aparece una Jovencita vestida de amarillo, con una rosa carmesí en el pelo. Un viejo Mendigo con un acordeón toma asiento dentro de la posada.)

JOVENCITA. *(Cantando y tocando los palillos.)*
Tengo los ojos puestos
en un muchacho,
delgado de cintura,
moreno y alto.
A la flor,
a la pitiflor,
a la verde oliva...
A los rayos del sol se peina la niña.

TODOS.
A la flor... etc.

JOVENCITA.
En los olivaritos,
niña, te espero,
con un jarro de vino
y un pan casero.
A la flor... etc.

TODOS.
A la flor... etc...

FÍGARO. *(Mirando a la Muchacha.)* ¡A la flor, pero que a la flor! ¡Ja, ja, ja! ¡Cansa-Almas, sal pronto!

*(La Muchacha queda mirando,
extrañadísima, a Cristobita, dormido.)*

CRISTOBITA. *(Roncando.)* Brrrrr, brrrrr...
CANSA-ALMAS. *(Con miedo.)* No, no quiero salir. *(Con la cabeza asomada al ventanillo.)*
FÍGARO. ¡Esto es admirable! Ya me lo figuraba yo. ¡Pero qué cosa más estupenda! Don Cristobita tiene la cabeza de madera. ¡De madera de chopo! ¡Ja, ja, ja! *(La Niña se acerca más.)* Y mirad, mirad cuánta pintura... ¡cuánta pintura! ¡Ja, ja, ja!

CANSA-ALMAS. (*Que sale.*) Se va a despertar.
FÍGARO. En la frente tiene dos nudos. Por aquí, sudará la resina. ¡Ésta
era la novedad! ¡La gran novedad!
CRISTOBITA. (*Removiéndose.*) Aligera... brrrrr... aligera...
FÍGARO. ¡Excelencia! Sí, sí...

JOVENCITA.
Tengo los ojos puestos
en un muchacho,
delgado de cintura,
moreno y alto.
A la flor,
a la pitiflor,
a la verde oliva,
a los rayos del sol
se peina la niña.

TODOS. (*Alrededor de Cristobita dormido, y pianísimo para que éste no lo
oiga, pero llenos de guasa.*)
 A la flor... etc.

(*Por la ventana de la posada asoma una Maja con lunares, que abre y cierra
un abanico.*)

Telón

CUADRO SEXTO

Casa de doña Rosita. En los rincones del frente, dos grandes armarios con celosías claras en la parte superior. En el techo, un velón. Las paredes tienen un ligerísimo tono de azúcar rosado. Sobre la puerta, un retrato de santa Rosa de Lima, bajo un arco de limones. Doña Rosita aparece vestida de rosa. Gran traje de novia lleno de volantes y complicadísimas bandas. Sobre el escote, un collar de azabache.

ESCENA PRIMERA

ROSITA. ¡Todo se ha perdido! ¡Todo! Voy al suplicio como fue Marianita Pineda. Ella tuvo una gargantilla de hierro en sus bodas con la muerte, y yo tendré un collar... un collar de don Cristobita. *(Llora y canta.)*

Estando una pájara pinta
sentadita en el verde limón...
(Se atraganta.)

con el pico movía la hoja,
con la cola movía la flor.
¡Ay! ¡Ay!
¿Cuándo veré a mi amor?
(Fuera se oye cantar.)

VOZ.

Rosita, por verte
la punta del pie,
si a mí me dejaran
veríamos a ver.

ROSITA. ¡Oh santa Rosa mía! ¿Qué voz es ésta?
CURRITO. *(Embozado, aparece súbitamente en la puerta.)* ¿Se puede pasar?
ROSITA. *(Asustada.)* ¿Quién sois?
CURRITO. Un hombre entre los hombres.
ROSITA. Pero... ¿tenéis cara?
CURRITO. Muy conocida por esos ojitos.
ROSITA. Esa voz...

CURRITO. *(Abriendo su capa.)* ¡Mírame!

ROSITA. *(Aterrada.)* ¡Currito!

CURRITO. Sí. Currito. El que se fue por el mundo y vuelve a casarse contigo.

ROSITA. ¡No, no! ¡Ay Dios mío, vete! Yo estoy comprometida, y además, no te quiero; tú me has dejado antes. Ahora quiero a Cristobita. ¡Vete, vete!

CURRITO. ¡No me iré! ¿Para qué he venido?

ROSITA. ¡Ay, qué desgraciada soy! Tengo un relojito y tengo un espejo de plata, pero ¡qué desgraciada soy!

CURRITO. Vente conmigo. Te veo y me vuelvo loquito de celos.

ROSITA. ¡Quieres perderme, infame!

CURRITO. *(Acercándose para abrazarla.)* ¡Rosita mía!

ROSITA. ¡Viene gente! ¡Vete, bandido! ¡Tempranillo!

EL PADRE. *(Entrando.)* ¿Qué pasa?

CURRITO. Venía a probarle los zapatos de boda a la señá Rosita, porque Cansa-Almas no puede venir. Son preciosos. Como para las princesas de la Corte.

PADRE. ¡Probádselos!

(Doña Rosita se sienta en una silla. Currito
se arrodilla ante sus pies, y el Padre lee
un periódico.)

CURRITO. ¡Oh piernecita de azuzena!

ROSITA. *(En voz baja.)* ¡Canalla!

CURRITO. *(Alto.)* Súbase un poco las faldas.

ROSITA. Ya está. *(Currito le pone una bota.)*

CURRITO. ¿A ver otro poquito...?

ROSITA. Ya hay bastante, zapaterillo.

CURRITO. ¡Otro poqulto!

PADRE. *(Desde su silla.)* Sé bien mandada, niña: otro poquito.

ROSITA. ¡Ay!

CURRITO. ¡Otro poquito más! *(Queda contemplando la pierna de doña Rosita.)* ¡Otro poquito más!

PADRE. Me voy. Las botas son muy lindas... Y cerraré de camino esta puerta. Hace algún fresquillo. *(Se va y llega a la puerta central.)* Trabajillo me ha costado. Estaba enmohecida.

CURRITO.
¡Oh, qué lindo pie
tiene su mercé!
¡Oh, qué lindo,
qué lindo pie!

ROSITA. (Levantándose.) ¡Mal hombre, perro judío!...
CURRITO. Rosa. Rosita de mayo.
ROSITA. (Dando pianísimos chillidos.) ¡Ay, ay, ay! (Corre por la escena.)
¡Don Cristobita viene! ¡Salid corriendo por aquí! (Se encuentran la
puerta cerrada.) Pero ¿cómo ha cerrado mi padre esta puerta?
CURRITO. (Temblando.) La verdad es que...
ROSITA. ¡Ya siento sus pasos por la escalerilla! Iluminadme, santa
Rosa. (Mientras, Currito prueba a abrir la puerta.) ¡Ah!... Ven aquí. (Abre
el armario de la esquina derecha, y allí lo encierra.) ¡Ya está!... Creí que me
moría.

CRISTOBITA. (Fuera.) ¡Brrrrrrrrrr!
ROSITA. (Cantando y medio llorando.)
Estando la pájara pinta
sentadita en el verde limón...
¡Ay, ay, cuándo veré a mi amor!

(Se atraganta.)

ESCENA II

CRISTOBITA. *(En la puerta.)*
A carne humana
me huele aquí.
Como no me la des,
te como a ti.

ROSITA. ¡Qué cosas tienes, Cristobita!
CRISTOBITA. ¡No quiero que hables con nadie! ¡Con nadie! ¡Ya te lo
he dicho! (¡Ay, qué apetitosa está! ¡Qué par de jamoncitos tiene!)

ROSITA. Yo, Cristobita...
CRISTOBITA. Vamos a casarnos en seguida... Y, ¡oye!, ¿tú no me has
visto matar a nadie con la porra? ¿No?... Pues ya me verás. Hago
¡pun!, ¡pun!, ¡pun!... y al barranquillo.
ROSITA. Sí; es muy bonito.
MONAGUILLO. *(Por la ventana.)* Que dice el señor cura que, cuando
quieran, que vayan.
CRISTOBITA. ¡Ya vamos! ¡Ole, ole, ya vamos! *(Coge una botella y baila
mientras bebe.)*
ROSITA. Entonces... Me pondré el velo...
CRISTOBITA. Yo también me voy a poner un gran sombrero y a
colgar cintas a la porra... Ahora vengo. *(Se va, bailando.)*
CURRITO. *(Asomando por la celosía del armario.)* Ábreme.

*(Rosita se dirige al armario, cuando entra
Cocoliche por la ventana dando un gran salto.)*

ROSITA. ¡Ay! *(Se dirige a él y cae en sus brazos.)* ¡A nadie más que a ti
quiero en el mundo! *(Cocoliche la coge en sus brazos.)*
COCOLICHE. ¡Chiquilla!
CURRITO. *(Desde el armario.)* ¡Ya me lo figuraba yo! Eres una mala
mujer.
COCOLICHE. ¿Qué es esto?
ROSITA. ¡Yo me vuelvo loca!
COCOLICHE. ¿Qué haces en tu ratonera? Sal al aire libre, donde están
los hombres. *(Golpea el armario.)*
ROSITA. ¡Tened piedad de mí!
COCOLICHE. ¿Tener piedad de ti? ¡Oh miserable mujerzuela!

CURRITO. Quisiera estrangularos a los dos.

COCOLICHE. ¡Sal pronto! ¡Rompe las puertas! ¡Cobarde!

ROSITA. ¡Que viene Cristobita! ¡Piedad, que viene Cristobita!

CURRITO. ¡Abreeeeeeee!

COCOLICHE. ¡Que venga! Así verá cómo su novia se entiende con el amante.

ROSITA. Yo te lo explicaré, amor mío. ¡Huye!

CRISTOBITA. *(Fuera.)* ¡Rosita... chiquitita!...

ROSITA. No hay tiempo. ¡Aquí! *(Abre el otro armario y esconde a Cocoliche; después se echa un velo rosa en la cabeza.)* ¡Me muero! *(Hace como que canta.)*

CRISTOBITA. *(Entrando.)* ¿Qué ruido era ése?

ROSITA. Son... los invitados que esperan en la puerta.

CRISTOBITA. ¡No quiero invitados!

ROSITA. Pero... ¡si los hay!

CRISTOBITA. Pues si los hay, que se vayan. ¡Que se vayan! *(Aparte.)* Y ya me enteraré del ruido. *(Alto.)* Vamos, Rosita. ¿Eh? ¡Oh, qué apetitosa está!

*(Se abre la puerta central y aparecen los Invitados
de la boda; traen unos grandes arcos con rosas de
papel de colores, por los que pasan don Cristobita y Rosita.)*

INVITADO 1.º ¡Vlvan los novios!

TODOS. ¡Vivan! *(Música.)*

(Queda la escena sola.)

ESCENA III

Por las celosías asoman las cabecitas de Currito y Cocoliche.

CURRITO. ¡Yo voy a estallar!
COCOLICHE. ¿Conque tú eres el amante de esa mujer? ¡Ya nos veremos las caras!
CURRITO. ¡Cuando tú quieras, chisgarabís!
COCOLICHE. Si este armario no fuese de hierro...
CURRITO. ¡Ja!
COCOLICHE. ¡De buena gana te quitaba la náriz de un bocado! *(Fuera se oye un «¡Vivan los novios! ¡Vivan!».)* Ya van a casarse... ¡ya me olvida para siempre! *(Llora.)*
CURRITO. *(Declamatorio.)* He venido al pueblo para aprender cómo se puede olvidar.
COCOLICHE. Ya no me dirá: «Carita de fruta»... ni yo le diré: « Carita de almendra » ...
CURRITO. ¡Me iré para siempre, para siempre!
COCOLICHE. ¡Ay, ay, ay!
CURRITO. ¡Ingrata, ingrata, ingrata!

(Fuera suenan las campanas de la iglesia,
cohetes y música.)

COCOLICHE. ¡Yo no podré vivir!
CURRITO. ¡Jamás miraré a otra mujer! *(Los dos Muñecos !loran.)*
MOSQUITO. *(Entra por la izquierda.)* No hay que llorar, amiguitos, no hay que llorar. La tierra tiene caminitos blancos, caminitos lisos, caminitos tontos... Pero, muchachos, ¿por qué ese derroche de perlas? No sois príncipes. Después de todo..., la luna no está en menguante, ni el aire va, ni el aire viene... *(Toca la trompetilla y se va.)* Ni va, ni viene. Ni viene, ni va... *(Cocoliche y Currito dan un fuerte suspiro y quedan mirándose.)*

(La puerta central se abre de repente y aparece
el cortejo de bodas. Don Cristóbal y la señá
Rosita se despiden en la puerta y cierran.
Música y campaneo lejano.)

CRISTOBITA. ¡Ay, Rosita de mi corazón! ¡Ay, Rosita!
ROSITA. Ahora me matará con la porra.

CRISTOBITA. ¿Estás mala? ¡Parece que suspiras! Pero es de lo que te gusto. Ya soy viejo y entiendo las cosas. ¡Mira qué traje tengo! ¡Y qué botas! ¡Larán, larán! ¡Ah! Traigan dulces y vino... ¡Mucho vino! *(Entra un Criado con unas botellas. Cristobita coge una y empieza a beber.)* ¡Ay, Rosita bonita! ¡Chiquitita, almendrita! ¿Verdad que soy hermosísimo? ¡Te daré un beso! Toma, toma... *(La besa. En este momento Cocoliche y Currito se asoman a sus celosías y dan un grito de rabia.)* ¿Qué es eso? ¿Pero es que esta casa tiene miedo? *(Coge la porra.)*

ROSITA. ¡No, no, Cristóbal! Son las carcomas, son los niños en la calle...

CRISTOBITA. *(Soltando la porra.)* ¡Mucho ruidillo hacen, caramba! ¡Mucho ruidillo hacen!

ROSITA. *(Aterrada y fingiendo.)* ¿Cuándo me vas a contar las historias que me prometiste?

CRISTOBITA. ¡Ja, ja, ja! Son muy bonitas, tan bonitas como esa carilla de amapola. *(Bebe.)* Es la historia de Don Tancredo, montado en su pedestal. ¿Sabes? ¡Joooo! Y la historia de Don Juan Tenorio, primo de Don Tancredo y primo mío. Sí, señor. ¡Primo mío! Di tú: ¡Primo mío!

ROSITA. ¡Primo tuyo!

CRISTOBITA. ¡Rosa! ¡Rosa! ¡Dime algo!

ROSITA. Te quiero, Cristobita.

CRISTOBITA. ¡Ole, ole! *(La besa. De los armarios sale otro grito.)* ¡Esto se acabó, se acabó y se requeteacabó! ¡Brrrrrrrr!

ROSITA. ¡Ay! No, no te pongas así.

CRISTOBITA. *(Con la porra.)* ¡Que salga quien sea!

ROSITA. Mira: no te pongas así. Un pájaro ha pasado ahora mismo por la ventana, con unas alas... ¡así de grandes!

CRISTOBITA. *(Remedándola.)* ¡Así de grandes! ¡Así de grandes! ¿Pero yo estoy ciego?

ROSITA. ¡No me quieres!... *(Llora.)*

CRISTOBITA. *(Enternecido.)* ¿Te creo... o no te creo? *(Suelta la porra.)*

ROSITA. *(Cursi.)* ¡Qué noche tan clarita vive sobre los tejados! En esta hora, los niños cuentan las estrellas, y los viajeros se duermen sobre sus cabalgaduras.

(Cristobita se sienta, pone los pies sobre la mesa y empieza a beber.)

CRISTOBITA. Me gustaría ser todo de vino y beberme yo mismo. ¡Jooo! Y mi barriga un pastel, un gran pastel rosado, con ciruelas y batatas... (*Los muñecos se asoman a sus armarios y suspiran.*) ¿Quién suspira?

ROSITA. Yo... Soy yo, acordándome de cuando era niña.

CRISTOBITA. Cuando yo era niño, me dieron un pastel más grande que la luna y me lo comí yo solo. ¡Jooo! Yo solo.

ROSITA. (*Romántica.*) La sierra de Córdoba tiene sombras bajo sus olivares, sombras aplastadas, sombras muertas que nunca se van. ¡Oh, quién estuviera bajo sus raíces! La sierra de Granada tiene pies de luz y peinado de nieve. ¡Oh, quién estuviera bajo sus manantiales! Sevilla no tiene sierras.

CRISTOBITA. No tiene Sierras, no...

ROSITA. Largos caminos color naranja. ¡Oh, quién se perdiera por ellos!

*(Cristobita, oyéndola, como quien oye a un
violinista, se ha quedado dormido, con una
 botella en la mano.)*

ESCENA IV

CURRITO. *(Muy bajito.)* ¡Abre!
COCOLICHE. ¡No me abras! Quiero morir aquí.
ROSITA. ¡Callad, por Dios!

*(Entra el Mosquito y empieza a tocar la trompetilla
alrededor de Cristóbal. Éste le da manotazos.)*

CURRITO. Me iré donde no me verás nunca.
ROSITA. Yo jamás te amé. Eres un hombre errante.
COCOLICHE. ¡Qué Oigo!
ROSITA. ¡A ti solo, amor mío!
COCOLICHE. ¡Ay, pero ya estás casada!
CRISTOBITA. Brrrrrr... ¡Pícaros mosquitos! ¡Pícaros mosquitos!
ROSITA. ¡Santa Rosa: que no se despierte! *(Se dirige a un armario y, con
gran cuidado, lo abre.)*

(Toda esta escena será rapidísima y en voz baja.)

CURRITO. *(Saliendo del armario.)* ¡Adiós para siempre, ingrata! Mi pena
es que jamás to olvidaré.

*(En este momento el Mosquito da un fuerte
trompetazo en la cabeza a Cristóbal y éste
 se despierta.)*

CRISTOBITA. ¡Ah! ¡Qué! ¡Qué! ¡Imposible! ¡Brrrrrrrrrrr!
CURRITO. *(Sacando un puñal.)* ¡Calma, señor mío, calma!
CRISTOBITA. ¡Te mato, te trituro, te machaco los huesos! ¡Ya me las
pagarás, señá Rosita, mala mujer! ¡Con cien duros que me has costado!
¡Brrr...! ¡Pin! ¡Pin! ¡Pan! ¡Me ahoga la rabia! ¡Pun! ¡Pan! ¿Qué hacías
aquí?
CURRITO. *(Temblando.)* Lo... que me da la gana.
CRISTOBITA. ¡Ahrrrrrrrr! ¿Conque lo que te da la gana? ¡Pero
hombre! ¡Toma gana! ¡Toma gana! ¡Toma gana! *(Currito acomete a
Cristóbal con su puñal, pero éste queda clavado en el pecho del dormilón de
una manera rara. Rosita, durante esta escena, ha estado abriendo la puerta del
foro, y en este momento ha conseguido abrirla, y huye Currito, perseguido por
Cristóbal, que le va diciendo:)* ¡Toma gana! ¡Toma gana!

*(Rosita da unos chillidos agudísimos o se ríe
de una manera histérica. En todo este momento
los personajes estarán ayudados por varios
pitos de una orquestilla.)*

COCOLICHE. ¡Ábreme, que yo le mataré cuando venga!

ROSITA. ¿Te abro? *(Va a abrirle.)* ¡No te abro! ¡Ay!

COCOLICHE. Rosita: déjame que te estrangule.

ROSITA. ¿Te abro? *(Va a abrirle.)* ¡No te abro! Ahora viene, y nos matará.

COCOLICHE. ¡Así moriremos juntos!

ROSITA. ¿Te abro?... ¡Ay, sí!... ¡Te abro! *(Le abre.)* ¡Corazoncillo mío! ¡Arbolito de mi jardín!

COCOLICHE. *(Abrazándola.)* ¡Clavel disciplinado! ¡Manojito de canela! *(Empieza un idilio estilo dúo de ópera.)*

ROSITA. Vete a tu casa; ahora, yo moriré.

COCOLICHE. Es imposible, Rosita entre las flores. En aquella estrella te haré un columpio y un balcón de plata. Desde allí veremos cómo tiembla el mundo vestido por la luna.

ROSITA. *(Olvidándolo todo y en plena felicidad.)* ¡Qué romántico eres, primor mío! Creo que soy una flor, y me deshojo sobre tus manos.

COCOLICHE. Cada día me vas pareciendo más rosada; cada día parece que te arrancas un velo, y surges desnuda.

ROSITA. *(Poniendo la cabecita sobre el pecho de su novio.)* En tu pecho han levantado el vuelo miles de pájaros; amor mío, cuando te miro me parece que estoy ante una fuentecilla. *(Fuera se oye la voz de Cristobita, y Rosita sale de su éxtasis.)* ¡Huye!

CRISTOBITA. *(Aparece en la puerta y queda estupefacto.)* ¡Ahrrrrrrrr! ¡Tienes los amantes a pares! ¡Prepararse para el barranquillo! ¡Pin! ¡Pan! ¡Brrr! *(Cocoliche y Rosita se besan desesperadamente, delante de Cristóbal.)* ¡Imposible! ¡Yo, que he matado trescientos ingleses, trescientos costantinoplos! ¡Os acordaréis de mí! ¡Ay! ¡Ay! *(La porra se le cae de la mano, y se siente un gran estrépito de muelles.)* ¡Ay mi barriguita! ¡Ay mi barriguita! ¡Por vuestra culpa me he roto, me he muerto! ¡Ay, que me muero! ¡Ay, que llamen al curita! ¡Ay!

ROSITA. *(Chillando agudísimamente y corriendo por la escena, arrastrando su larga cola.)* ¡Papáaaaaa! ¡Papáaaaaaaaaaaa!

CRISTOBITA. ¡Ahrrrrrrr! ¡Pun! ¡Me acabé! *(Queda panza arriba con las manos por alto y luego cae sobre las candilejas.)*

ROSITA. ¡Ha muerto! ¡Ay Dios mío, qué compromiso tan grande!

COCOLICHE. *(Acercándose con miedo.)* Oye: ¡no tiene sangre!

ROSITA. ¿Que no tiene sangre?

COCOLICHE. ¡Mira! ¡Mira lo que le sale por el ombliguillo!

ROSITA. ¡Qué miedo!
COCOLICHE. ¿Sabes una cosa?
ROSITA. ¿Qué?
COCOLICHE. *(Enfático.)* ¡Cristobita no era una persona!
ROSITA. ¿Qué?... ¡Que no me lo digas siquiera! ¡Qué sofocación más grande! ¿De qué manera que no era una persona?
PADRE. *(Entrando.)* ¿Qué pasa? ¿Qué pasa?
COCOLICHE. ¡Mirad!
PADRE. ¡Ha estallado!

(Entran varios Muñecos.)

(La puerta central se abre y aparecen Muñequitos con antorchas; llevan capas rojas y sombreros negros. Delante viene el Mosquito con una banderita blanca y tocando la trompeta. Traen un ataúd enorme, en el que hay pintados pimientos y rábanos en vez de estrellas. Los Curas vienen cantando. Marcha fúnebre de pitos.)

UN CURA.
Uri memento.
Un hombre muerto.
TODOS.
Se acabó, se acabó,
Cristobalón.

UN CURA.
Cantemos o no cantemos,
cinco duros ganaremos.

(Al coger a Cristobita, éste suena de una manera graciosa, como un fagot. Todos se retiran, y doña Rosita llora. Vuelven otra vez y suena menos, hasta que sus suspiros son de flautín, y lo echan en la caja. El cortejo da la vuelta a la escena, entre los lamentos de la música.)

COCOLICHE. Ahora siento mi pecho lleno de cascabeles, lleno de corazoncillos. Parezco un campo de flores.
ROSITA. Para ti serán mis lágrimas y mis besitos, que eres un clavel.
MOSQUITO. *(Saliendo con la comitiva.)*
Vamos a enterrar
al gran ganapán,
Cristobita borracho

que no volverá.
Ran,
rataplán,
rataplán,
rataplán.
¡Rataplán!

(Cocoliche y Rosita quedan abrazados. Sinfonía.)

Telón